AF313314

TABLEAUX

Aquarelles

DESSINS, GRAVURES

MEUBLES

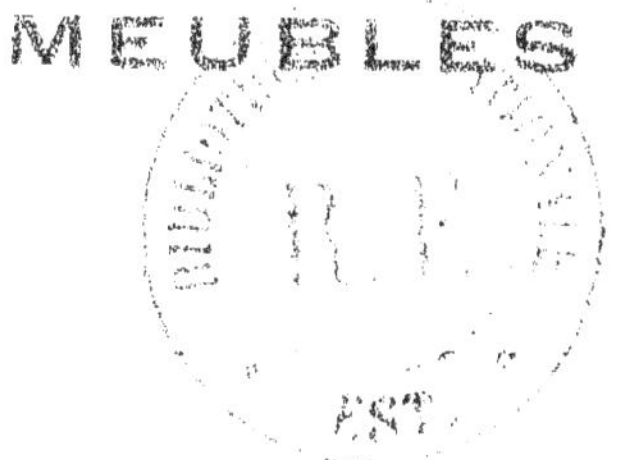

CATALOGUE

DE

TABLEAUX

PAR

J.-L. BROWN, LAZERGES, LEBOURG, LÉPINE, MEISSONIER
THAULOW, THORNLEY, VIGNON, ETC.

AQUARELLES, DESSINS

PAR

ALLONGÉ, CAZIN, FORAIN, LAMBERT, RAFFAELLI, R. RANFT, ROSSI
SISLEY, THORNLEY, VAUTHIER

GRAVURES EN COULEUR ET EN NOIR

PAR

BOULARD, BRACQUEMOND, COURTRY, KRATKÉ, MATHEY, MONZIÈS
LA TOUCHE, LE RAT, THAULOW, VION, WALTNER

MEUBLES

DONT LA VENTE AURA LIEU

HOTEL DROUOT, SALLE N° 9

Le Lundi 18 Juin 1906, à 3 heures

COMMISSAIRES-PRISEURS

Mᵉ JULES HUGUET | **Mᶜ F. LAIR-DUBREUIL**
4, rue Pasquier, 4 | 6, rue de Hanovre, 6

EXPERTS

MM. BERNHEIM JEUNE

Experts près la Cour d'appel
7, rue Scribe
36, avenue de l'Opéra — 15, rue Richepanse.

EXPOSITION PUBLIQUE

Le Dimanche 17 Juin 1906, de 2 heures à 6 heures
Et le Lundi 18 Juin, avant la vente, de 1 heure 1/2 à 3 heures

CONDITIONS DE LA VENTE

Elle sera faite au comptant.

Les acquéreurs paieront *dix pour cent* en sus des enchères.

L'Exposition mettant le public à même de se rendre compte de la nature et de l'état des objets, aucune réclamation ne sera admise une fois l'adjudication prononcée.

Paris — Imp. Georges Petit, 12, rue Godot-de-Mauroi. — 16740-06.

TABLEAUX

BAILLET

1 — *Les Eaux basses.*

Signé à gauche, en bas : *Em. Baillet.*

Panneau. Haut., 19 cent.; larg., 31 cent. 1/2.

BROWN (J.-L.)

2 — *L'Habit rouge.*

Signé à gauche, en bas : *John Lewis Brown.*

Panneau. Haut., 9 cent.; larg., 7 cent. 1/2.

GAULIS

3 — *L'Étang.*

Signé à gauche, en bas : *Gaulis.*

Panneau. Haut., 15 cent.; larg., 27 cent.

LAZERGES (Paul)

4 — *Aux Environs d'Alger.*

Signé à gauche, en bas : *Paul Lazerges.*

Panneau. Haut., 25 cent.; larg., 36 **cent.**

LEBOURG

5 — *La Seine à Bougival, matinée d'été.*

A droite, la berge plantée d'arbres. A gauche, le fleuve sur lequel flotte encore la brume que le soleil du matin n'a pas dissipée. Au fond, une passerelle et, plus loin, des coteaux embrumés.

Signé à droite, en bas : *Albert Lebourg.*

Toile. Haut., 40 cent.; larg., 66 cent.

LEBOURG

6 — *Route aux environs de Clermont.*

A droite et à gauche, des murs de clôture autour desquels apparaissent des arbres. Au milieu, la route que suit un homme conduisant un cheval. Au fond, des collines boisées. Des nuées d'orage courent dans le ciel.

Signé à droite, en bas : *A. Lebourg.*

Toile. Haut., 40 cent.; larg., 65 cent.

LEBOURG

7 — *Croisset, près Rouen.*

A droite, les maisons qui bordent la berge.
A gauche, la Seine où passent des remor-
queurs. Au fond, des coteaux aux tons vio-
lacés.

Signé à droite, en bas : *Albert Lebourg.*

Toile. Haut., 46 cent. 1/2 ; larg., 76 cent.

LEBOURG

8 — *Le Pont Royal.*

A droite, le Pavillon de Flore. Au premier
plan, la berge au bord de laquelle un chaland
est amarré. Au fond, le Pont Royal.

Signé à droite, en bas : *Alb. Lebourg.*

Toile. Haut., 39 cent. 1/2; larg., 62 cent. 1/2.

LEBOURG

9 — *La Grand'rue de Billancourt sous la neige.*

La neige s'est amoncelée dans la rue,
bordée à droite et à gauche de maison-
nettes. Un pâle soleil d'hiver projette sur le
sol des ombres bleutées. Le ciel est clair.

Signé à droite, en bas : *A. Lebourg, 1895.*

Toile. Haut., 40 cent. ; larg., 66 cent.

LEBOURG

10 — *Dieppe, sortie du port.*

Vue prise en bas des falaises du Pollet.

Signé à droite, en bas : *A. Lebourg*.

Toile. Haut., 35 cent.; larg., 65 cent.

LÉPINE

11 — *Le Pont de l'Alma.*

Au premier plan, à gauche, un pêcheur est assis ; plus loin, un chaland est amarré. Au fond, le pont de l'Alma, dont les arches se découpent sur le ciel clair où courent de légers nuages.

Signé à gauche, en bas : *S. Lépine*.

Panneau. Haut., 14 cent.; larg., 24 cent.

MEISSONIER

12 — *Côte des Grès, près Poissy.*

Étude pour *le Guide*.

Signé à gauche, en bas, du monogramme : *E. M.*

Porte au dos le cachet de la vente.

Panneau. Haut., 14 cent.; larg., 19 cent. 1/2.

Vente Meissonier.

MEISSONIER

13 — *Tête de cheval.*

> Signé à gauche, en bas, du monogramme :
> *E. M.*
> Porte au dos le cachet de la vente.
>
> Panneau. Haut., 8 cent. 1/2 ; larg., 10 cent.
>
> *Vente Meissonier.*

PLASSAN

14 — *Le Déjeuner du matin.*

> Signé à gauche, en bas : *Plassan.*
>
> Panneau. Haut., 9 cent. ; larg., 7 cent. 1/2.

THAULOW

15 — *Effet de neige en Norwège.*

> La rivière, gonflée par les pluies d'hiver,
> se fraye un chemin entre les glacons qui
> l'ont en partie recouverte. A gauche, l'usine
> peinte en rouge, au toit recouvert par la
> neige. Au fond, les berges ou les arbres
> mettent leurs taches sombres.
>
> Signé à droite, en bas : *Frits Thaulow.*
>
> Toile. Haut., 39 cent.; larg., 46 cent.

THORNLEY

16 — *Le Port.*

> Signé à droite, en bas . *J.-W. Thornley.*
>
> Toile. Haut., 63 cent.; larg., 83 cent.

THORNLEY

17 — *Le Village au bord de la mer (Antibes).*

Signé à droite, en bas : *W. Thornley.*

Toile. Haut., 64 cent.; larg., 83 cent.

THORNLEY

18 — *Coucher de soleil sur la rivière.*

Signé à gauche, en bas : *J.-W. Thornley.*

Toile. Haut., 54 cent.; larg., 72 cent.

VIGNON

19 — *Le Chemin dans la plaine.*

Signé à droite, en bas : *V. Vignon.*

Haut., 32 cent.; larg., 45 cent.

AQUARELLES

Pastels, Dessins

ALLONGÉ

20 — *Le Barrage.*

Dessin au fusain

Signé à gauche, en bas : *Allongé, 1881.*

Haut., 30 cent.; larg., 15 **cent.**

CAZIN

21 — *Les Vieilles maisons.*

Dessin au crayon.

Signé à droite, en bas : *J.-C. Cazin.*

Haut., 27 cent.; larg., 37 cent. 1/2.

*

DREUX (Alfred de)

22 — *Le Postillon.*

Dessin au crayon sur papier mastic.

Haut., 26 cent.; larg., 35 cent.

FORAIN

23 — *Après le bal masqué.*

Dessin à l'encre de Chine, rehaussé de crayon bleu.

Signé à droite, en bas : *Forain.*

Haut., 31 cent.; larg., 24 cent.

FORAIN

24 — *Tu ne vas pas encore me dire que c'est l'émotion.*

Dessin à la plume, rehaussé de crayon bleu.

Signé à droite, en bas : *J.-L. Forain.*

Haut., 35 cent. ; larg., 26 cent.

FORAIN

25 — *Combien faut-il lui demander ?*

Dessin.

Signé à droite, en bas : *Forain.*

Haut., 30 cent. 1/2 ; larg., 17 cent.

LAMBERT (Eug.)

26 — *Chats.*

Dessin au crayon.

Signé à droite, en bas : *Eug. Lambert.*

Haut., 24 cent.; larg., 35 cent.

RAFFAELLI

27 — *Quadrille réaliste.*

Dessin rehaussé d'aquarelle.

Signé à droite, en bas : *J.-F. Raffaelli.*

Haut., 20 cent.; larg., 32 cent.

RANFT (Richard)

28 — *Au Foyer de la danse.*

Pastel.

Signé à droite, vers le bas : *Richard Ranft.*

Haut., 49 cent.; larg., 32 cent.

RANFT (Richard)

29 — *Avant l'entrée en scène.*

Pastel.

Signé à gauche, en bas : *Richard Ranft.*

Haut., 48 cent.; larg., 28 cent.

ROSSI (Lucius)

3o — *Guirlande d'amours.*

Aquarelle.

Signé à droite : *Lucius Rossi.*

Haut., 21 cent.; larg., 33 cent..

SINET (André)

31 — *La Promenade à Dieppe.*

Pastel.

Signé à gauche : *André Sinet.*

Haut., 27 cent.; larg., 37 cent.

SISLEY (A).

32 — *Page de croquis.*

Dessin à la mine de plomb.

Signé à droite, en bas : *A. Sisley.*

Haut., 22 cent.; larg., 17 cent.

THORNLEY

33 — *Le Lac dans la montagne.*

Aquarelle.

Signé à droite, en bas : *J.-W. Thornley.*

Haut., 36 cent.; larg., 5o cent.

VAUTHIER (Pierre)

34 — *La Route au bord de la rivière.*

Aquarelle.

Signé à gauche, en bas : *Pierre Vauthier.*

Haut., 19 cent.; larg., 37 cent.

EAUX-FORTES

BASTIEN-LEPAGE

35 — *Sarah Bernhardt.*

> Gravé par WALTNER.
>
> Épreuve de remarque sur parchemin.
> Signée par le graveur.
>
> Haut., 43 cent.; larg., 34 cent.

BAUDRY

36 — *L'Amour et Psyché.*

> Gravé par WALTNER.
>
> Épreuve de remarque sur parchemin.
> Signée par le graveur.
>
> Haut., 53 cent.; larg., 38 cent.

DAGNAN-BOUVERET

37 — *Bretonne.*

> Gravé par WALTNER.
>
> Épreuve de remarque sur parchemin.
> Signée par l'artiste et le graveur.
>
> Haut., 39 cent.; larg., 27 cent.

DAUBIGNY

38 — *Neuville.*

Gravé par Boulard.

Épreuve d'artiste sur parchemin.

Épreuve signée par le graveur.

Haut., 35 cent.; larg., 58 cent.

DELACROIX (Eug.)

39 — *Le Christ.*

Gravé par Courtry.

Épreuve d'artiste avant la lettre sur papier de Hollande.

Haut., 22 cent. 1/2; larg., 18 cent.

DEVILLE

40 — *Tête de femme.*

Épreuve de remarque sur parchemin.

KOOPMAN

41 — *Étude de femme.*

Pointe sèche.

Haut., 38 cent. 1/2; larg., 25 cent.

KOOPMAN

42 — *Étude de femme.*

Monotype.

LA TOUCHE

43 — *Le Murmure du ruisseau.*

Eau-forte originale en couleurs à tirage limité, n° 52.

Signée par l'artiste.

Haut., 45 cent.; larg., 38 cent.

LA TOUCHE

44 — *Maison des champs.*

Eau-forte originale en couleurs à tirage limité, n° 73.

Signée par l'artiste.

Haut., 45 cent. ; larg., 33 cent.

MEISSONIER

45 — *La Vedette.*

Gravé par LE RAT.

Épreuve d'artiste avant la lettre sur parchemin.

MEISSONIER

46 — *La Confidence.*

Gravé par Henri VION.

Épreuve de remarque sur parchemin.

Signée par le graveur et l'artiste.

Haut., 31 cent.; larg., 38 cent.

MEISSONIER

47 — *La Lecture chez Diderot.*

    Gravé par Monziès.

    Épreuve de remarque sur parchemin.

    Signée par l'artiste et le graveur.

                Haut., 21 cent. ; larg., 26 cent.

MEISSONIER

48 — *Gentilhomme à la fenêtre.*

    Gravé par Le Rat.

    Épreuve de remarque sur parchemin.

MILLET

49 — *Les Puiseuses d'eau.*

    Gravé par F. Bracquemond.

    Épreuve de remarque sur parchemin.

    Signée par le graveur.

                Haut., 45 cent.; larg., 33 cent.

MILLET

50 — *L'Angelus.*

    Gravé par L. Kratké.

    Épreuve d'artiste sur japon.

    Signée par le graveur.

MOREAU (G.)

51 — *David.*

> Gravé par BRACQUEMOND.
> Épreuve d'artiste sur japon.
> Signée par le graveur.

> Haut., 61 cent. ; larg., 37 cent.

MOREAU (G.)

52 — *Jacob et l'ange.*

> Gravé par WALTNER.
> Épreuve de remarque sur parchemin.
> Signée par le graveur.

> Haut., 64 cent.; larg., 37 cent.

REMBRANDT

53 — *Le Doreur.*

> Gravé par Ch. WALTNER.
> Épreuve d'artiste sur japon.
> Signée par le graveur.

> Haut., 52 cent. ; larg., 38 cent.

ROYBET

54 — *L'Homme d'armes.*

> Gravé par WALTNER.
> Épreuve de remarque sur parchemin.
> Signée par le graveur.

> Haut., 47 cent.; larg., 40 cent.

RUBENS

55 — *Portrait de l'artiste.*

Gravé par A. MATHEY.

Épreuve de remarque sur parchemin.

Signée par le graveur.

Haut., 51 cent.; larg., 38 cent.

THAULOW (Frits)

56 — *La Porte de Marbre.*

Eau-forte originale en couleurs à tirage limité.

Signée par l'artiste.

Haut., 47 cent.; larg., 59 cent.

THAULOW

57 — *Effet de neige en Norwège.*

Eau-forte originale en couleurs à tirage limité.

Épreuve d'état.

Signée par l'artiste.

Haut., 41 cent.; larg., 60 cent.

THAULOW

58 — *La Sentinelle.*

Eau-forte originale en couleurs à tirage limité.

Épreuve d'état.

Signée par l'artiste.

Haut., 47 cent.; larg., 59 cent.

THAULOW

59 — *La Rivière.*

Eau-forte originale en couleurs à tirage limité.

Épreuve d'état.

Signée par l'artiste.

Haut., 48 cent.; larg., 60 cent.

THAULOW

60 — *Le Pont de Vérone.*

Eau-forte originale en couleurs à tirage limité.

Signée par l'artiste.

Haut., 47 cent. 1/2; larg., 60 cent.

THAULOW

61 — *Le Transatlantique.*

Eau-forte originale en couleurs à tirage limité.

Épreuve d'état.

Signée par l'artiste.

Haut., 48 cent., larg., 60 cent.

VAN DYCK

62 — *Charles Ier·*

Gravé par A. Mathey.
Épreuve d'artiste sur parchemin.
Signée par le graveur.

Haut., 53 cent.; larg., 41 cent.

VAN DYCK

63 — *Les Enfants de Charles Ier.*

Gravé par A. Mathey.
Épreuve de remarque sur parchemin.

Haut., 39 cent.; larg., 43 cent.

MEUBLES

64 — Deux glaces, cadres peints chêne
et or.

65 — Console dorée, dessus de marbre.

66 — Table forme lyre.

67 — Table de salle à manger.

68 — Dix chaises cannées avec coussins.

69 — Horloge dans sa gaine.

www.ingramcontent.com/pod-product-compliance
Ingram Content Group UK Ltd.
Pitfield, Milton Keynes, MK11 3LW, UK
UKHW031716170726
13836UKWH00001B/280